21 Décembre 1882.

V

VENTE

des Jeudi 21 et Vendredi 22 décembre 1882

HOTEL DROUOT, SALLE N° 1

TABLEAUX

ANCIENS ET MODERNES

BRONZES

OBJETS D'ART — MEUBLES

PORCELAINES — CURIOSITÉS

COMMISSAIRE-PRISEUR

Me Paul CHEVALLIER

10, rue de la Grange-Batelière.

EXPERT

M. CH. GEORGE

12, rue Laffitte.

EXPOSITION PUBLIQUE

Le Mercredi 20 Décembre 1882

HOMO
ADDITVS
NATVRA
IMPRIMERIE DE L'ART

CATALOGUE

DES

TABLEAUX ANCIENS

DES ÉCOLES

ITALIENNE, FLAMANDE, HOLLANDAISE ET FRANÇAISE

PORTRAITS, PEINTURES DES XVe ET XVIe SIÈCLES

TABLEAUX MODERNES

MINIATURES, GRAVURES, PIÈCES ANGLAISES

OBJETS D'ART

Porcelaines de Chine, Saxe; Faïences françaises, de Perse
de Rhodes, de Delft; Grands Vases en biscuit, terres cuites, marbres

BRONZES D'ART ET D'AMEUBLEMENT

Grand groupe de Leduc (Exposition Universelle de 1878)
Statuettes Louis XIV, reproductions des antiques de Naples
Cartels Louis XVI, Pendules Louis XIV et Louis XV
Bijoux, Argenterie, Médailles, Cuivres

MEUBLES ANCIENS ET BOIS SCULPTÉS

Cadres — Curiosités diverses

DONT LA VENTE AURA LIEU

HOTEL DROUOT, SALLE N° 1

Les Jeudi 21 et Vendredi 22 Décembre 1882

A DEUX HEURES PRÉCISES

Me PAUL CHEVALLIER
Successeur de M^{e} Ch. Pillet
COMMISSAIRE-PRISEUR
10, rue Grange-Batelière, 10

M. CH. GEORGE
EXPERT
12, rue Laffitte, 12
PARIS

EXPOSITION PUBLIQUE

Le Mercredi 20 Décembre 1882

CONDITIONS DE LA VENTE

Elle sera faite au comptant.

Les adjudicataires payeront *cinq pour cent* en sus des enchères.

L'exposition mettant le public à même de se rendre compte de l'état des objets, il ne sera admis aucune réclamation une fois l'adjudication prononcée.

Paris. — Imprimerie de l'Art, J. Rouam, imprimeur-éditeur,
41, rue de la Victoire.

DÉSIGNATION DES OBJETS

ALBANE

1 — La Toilette de Vénus.

BALEN (VAN) ET KESSEL (VAN)

2 — Bacchantes endormies.

BASSAN

3 — La Pêche et le Festin.

Deux tableaux.

BENARD

(J. B.)

4 — Pastorale.

BERGHEM

(Genre de)

5 — Bestiaux.

BOTH

(Attribué à)

6 — Paysage; le Berger.

BOUCHER

(Attribué à)

7 — L'Enlèvement d'Europe.

BOUCHER

(École de)

8 — Latone et les Paysans.

BOUCHER

(École de)

9 — Faune et Bacchantes.

BOURDON

(S.)

10 — Nymphe endormie et Satyre.

BOURGUIGNON

11 — Combats.

Deux pendants.

BRAUWER

(Attribué à)

12 — Le Chanteur.

BREKELENKAMP

(Q. VAN)

13 — La Ménagère hollandaise.

BREUGHEL

14 — Paysage et figures.

BRONZINO

15 — Portrait d'Alphonse II de Médicis.

CASANOVA

16 — Moutons sur la montagne.

CARRACHE

17 — Diane et Endymion.

CARRÉ

(M.)

18 — Vaches et chèvres.

CHARDIN

(Attribué à)

19 — Les Bulles de savon.

CODDE

(Attribué à P.)

20 — Intérieur hollandais.

Monogramme.

COELLO

(Attribué à)

21 — Philippe II d'Espagne.

CORTONE

(Attribué à P. de)

22 — Trois sujets historiques.

COURTOIS

23 — Combat de cavaliers.

(Ancienne collection Bellay.)

COYPEL

24 — Vénus et Triton.

CUYP

25 — Pâturage.

DIETRICH

26 — Tête de vieillard.

DURER

(Genre de)

27 — Saint Jérôme.

DYCK

(Attribué à A. VAN)

28 — Portrait d'un littérateur.

DYCK

(Attribué à)

29 — La Vierge et le Christ mort.

FALENS

(K. VAN)

30 — Départ pour la chasse.

FRAGONARD

(Genre de)

31 — La Jeune Fille au lapin.

FRANCK FLORIS

(Attribué à)

32 — Les Noces de Cana.

FRANCK

33 — Adoration des bergers.

FYT

(JOHANNES)

34 — Oiseaux morts et Orfèvrerie.

GAMELIN

35 — Grande revue militaire.

Composition au lavis.

GILLOT

36 — Les Singes au cabaret.

GIOTTO

(Époque du)

37 — Vierge et plusieurs Saints.

GOLTZIUS

38 — Sujet biblique.

GOYA

39 — Le Danseur.

GOYA ?

40 — Portrait d'un jeune prince vêtu de rouge.

GREUZE ?

41 — L'Incendie de Nancy.

Ce tableau passe pour être une œuvre de la jeunesse du peintre.

GUERCHIN

42 — Saint Jean.

G. V. K.

43 — Portrait d'homme.

HEEM

(Genre de DE)

44 — Pêches et Raisins.

HEEM

(Genre de DE)

45 — Homard, Citron, etc.

Signature illisible.

HOGARTH ?

46 — Les Deux Usuriers.

HOGARTH

(Genre de)

47 — Les Deux Buveurs.

HONTHORST

(Genre de)

48 — Le Nid d'oiseaux.

HOREMANS

49 — Le Printemps et l'Hiver.

Deux pendants.

LAHYRE

(L. DE)

50 — L'Automne et l'Hiver.

LANCRET

(Attribué à)

51 — La Partie de trictrac.

LANTARA

(Genre de)

52 — Aqueduc en ruines.

LARPANTEUR

53 — Portrait d'une dame coiffée d'un chapeau à plume.

LEBARBIER

54 — La Danse des Saisons.

LERICHE

55 — Fleurs.

(Signé et daté 1805.)

LOO
(VAN)

56 — Allégorie de la peinture.

LOO
(Attribué à J. B.)

57 — Portrait de femme.

MALLET

58 — Le Message.
(Gracieuse composition.)

MARIESCHI

59 — Venise, la statue du Colleone.

MIGNARD
(Attribué à)

60 — Portrait présumé de Mme de Sévigné.

MOLENAER

(K.)

61 — Les Patineurs.

(Signé.)

MOMMERS

(H.)

62 — La Marchande de légumes.

MORONI

63 — Portrait d'homme.

MUSSCHER

(MICHEL VAN)

64 — Dame hollandaise dans un parc.

MYTENS

65 — Portrait d'entant tenant un oiseau et caressant un chien.

NATTIER

(Attribué à)

66 — Portrait présumé du Marquis de Marigny.

OSTADE

(Manière de)

67 — Intérieur.

OTTO VENIUS

68 — Laissez venir à moi les petits enfants.

PALMA

69 — La Sainte famille et Sainte Catherine.

PALMA VECCHIO

70 — Portrait d'homme.

PARMEGIANINO

71 — Mariage de Sainte Catherine.

PIETRO DELLA VECCHIA

72 — Un Philosophe.

POELENBURG

(C.)

73 — Les Baigneuses.

POURBUS

(Attribué à FRANÇOIS)

74 — Portrait présumé de Henri IV.

En buste, de trois quarts, portant l'écharpe blanche. Cadre sculpté.

QUAST

(PETER)

75 — Les Misères du pauvre.

76 — Le pendant.

QUERFURT

77 — Gentilhomme tenant son cheval par la bride.

RAPHAEL

(Attribué à)

78 — La Sainte Famille.

Dessin.

RAPHAEL

(D'après)

79 — Tête de Vierge.

REMBRANDT

(École de)

80 — Portrait d'homme.

REMBRANDT

(D'après)

81 — Portrait d'homme.

RIGAUD

(D'après)

82 — Portrait d'un commandant d'armée.

ROBERT

(HUBERT)

83 — Temple romain.

ROOS

(HENRI)

84 — Le Passage du gué.

ROSLIN

85 — Portrait d'un gentilhomme, époque Louis XVI.

Beau tableau signé ainsi : *Peint par le chev. Roslin, 1781.*

RUBENS

86 — La Résurrection.

Esquisse.

RUBENS

87 — Hercule terrassant le lion de Némée.

Esquisse.

RUBENS

(Attribué à)

88 — Christ en croix.

RUBENS

(École de)

89 — Les Trois Grâces.

SANTERRE

90 — Jeune Femme en lecture.

SLINGELAND

(Attribué à P. VAN)

91 — La Perruche.

STAVEREN

92 — Saint Pierre en prison.

STEEN

(Attribué à J.)

93 — Deux petits intérieurs.

Sur cuivre.

STELLA ?

94 — La Vierge aux Anges.

Peinture sur albâtre. Cadre sculpté.

STROZZI IL CAPUCCINO

95 — La Femme adultère.

STRY

(VAN)

96 — Pâturage.

SWANEVELT

97 — Paysage avec ruines.

TENIERS

98 — Intérieur de tabagie.

Signé.

TENIERS

(Attribué à D.)

99 — Intérieur de cuisine.

TERBURG

(École de)

100 — Portrait d'un bourgmestre.

TITIEN

101 — Portrait d'homme.

TITIEN

(D'après)

102 — La Maîtresse du Titien.

TITIEN

(D'après)

103 — Danaé.

VALLAYER-COSTER

104 — Nature morte.

VALLIN

105 — Vénus et Adonis.

Signé.

VELASQUEZ

106 — Infante d'Espagne.

VELDE

(A. VANDEN)

107 — L'Arbre mort.

VÉRONÈSE

108 — La Justice.

VITRINGA

109 — Marine ; calme plat.

WALLAERT

(P.)

110 — Marines.

Deux belles compositions dans le goût de J. Vernet.

WATTEAU

(D'après)

111 — La Comédie italienne.

WATTEAU

(École de)

112 — Le Voyage à Cythère.

WEENIX

(J. B.)

113 — Entrée d'un port entouré de rochers; cavaliers et carrosses au bord de la mer.

ÉCOLE FRANÇAISE

114 — Portrait présumé de Ninon de Lenclos.

ÉCOLE FRANÇAISE

ÉPOQUE LOUIS XVI.

115 — Chaumière dans le bois.

Charmant tableau.

ÉCOLE FRANÇAISE

XVIe SIÈCLE.

116 — Jeanne d'Arc.

ÉCOLE FRANÇAISE

117 — Portrait de femme représentée en Diane.

118 — Portrait d'une jeune princesse.

ÉCOLE DE BOURGOGNE

119 — Christ en croix et plusieurs donataires.

120 — Le Christ et plusieurs Saints.

ÉCOLE FLORENTINE

FIN DU XVe SIÈCLE.

121 — Les Saintes Femmes adorant le Christ.

ÉCOLE DE SIENNE

122 — L'Échelle de Jacob.

ÉCOLE ALLEMANDE

123 — Portrait de Wil. Pirkheimer.

A mi-corps, tenant un manuscrit enroulé; vêtu d'un surtout rouge bordé de fourrure.

Ce portrait porte le monogramme d'Albert Dürer et la date 1515. Il provient de la galerie du comte Schœnborn.

ÉCOLE HOLLANDAISE

124 — Les Moulins à vent.

125 — Entrée de forêt.

ÉCOLE HOLLANDAISE

126 — Deux paysages.

ÉCOLE HOLLANDAISE

127 — Paysage; le Passeur.

Tableau dans le style de Van Goyen.

ÉCOLE HOLLANDAISE

128 — Pêcheurs sur la plage.

129 — Pâturage.

130 — Portrait de femme.

131 — Portrait de Henri IV.

132 — Plusieurs tableaux et pastels sous ce numéro.

TABLEAUX MODERNES

ACHENBACH

133 — Marais avec chasseurs.

BAIL

134 — Une Fromagerie.

BEAUVERIE

135 — Vue de Saint-Just-sur-Loire.

BOUDIN

136 — Bords de la Seine.

BRUNERI

137 — La Lettre.

138 — L'Aumône.

139 — Les Amateurs de gravures,

CARON

(JULES)

140 — Roses.

CHAIGNEAU

(F.)

141 — Troupeau de moutons, effet d'automne.

CHARLET

142 — Départ du conscrit.

143 — Épisode des guerres du premier empire.

CLAVEAU

144 — La Cruche cassée.

COROT

145 — Environs de Rome.

DAUZATS

146 — L'Arc de triomphe à Ogimélah.

DEFAUX

(A.)

147 — Poulailler.

DETTI

148 à 153 — Six aquarelles.

FLEURY-CHENU

154 — Le Chemin des roches.

GERIEZ

155 — Le Marché d'Ypres.

GUDIN

(T.)

156 — Départ de Guillaume le Conquérant.

157 — Louis XIII débarque ses troupes à Rawallo.

HEREAU

(JULES)

158 — Pâturage en Normandie.

HUGARD
(Mme)

159 — Fleurs des champs.

JUBIN-AUTHIER

160 — Un Hallebardier.

KEELHOFF
(F.)

161 — Le Moulin à eau aux environs de Maestricht.

Exposition de Bordeaux, 1874.

KUWASSEG (FILS)

162 — Rue La Chapelle, près d'Angoulême.

KUWASSEG (FILS)

163 — Vue d'Anvers.

LANFANT (DE METZ)

164 — Les Petits Musiciens.

Deux pendants.

LEBAS

(H.)

165 — Paysages.

Deux aquarelles.

LE SÉNÉCHAL

166 — Marine.

LOKHORST

167 — Moutons dans la plaine.

MANZONI

168 — Paysage.

MARTINUS

169 — Trophée de chasse.

MATANIA

170 — Dans les blés.

MATANIA

171 — La Tarentelle.

MAZZOIA

172 — Marché aux chevaux à Milan.

MOSNY

(H.)

173 — Falaises.

NAVLET

174 — Mort victorieux.

Épisode de la guerre d'Espagne.

PATROIS

175 — Jeune Fille orientale.

ROUSSEAU

(PH.)

176 — Nature morte.

TSCHOUMAKOFF

177 — Paysanne russe.

VERTUNI

178 — Paysage.

VIARD

(J.)

179 — Bouquet de fleurs des champs.

VISCONTI

180 — Extérieur de ferme.

VISCONTI

181 — Effet de printemps.

VISCONTI

182 — Mare sous bois.

VISCONTI

183 — Moutons dans le bois.

ÉCOLE MODERNE

184 — Le Petit Savoyard.

ÉCOLE MODERNE

185 — Après le combat.

OBJETS D'ART

CURIOSITÉS — MEUBLES

---

186 — Deux grandes aiguières en biscuit, décorées de figures en ronde bosse et de guirlandes de chêne.

187 — Vases carrés, en Chine bleu lapis et branchages dorés.

188 et 189 — Deux horloges de marine.

189 *bis*. — Une assiette Sèvres.

190 — Deux beaux panneaux de crédence, en chêne sculpté. XVIe siècle.

191 — Trois montants de meubles, guirlandes de chêne.

192 — Deux plats ovales, faïences Rouen et Strasbourg.

193 — Deux grands vases à couvercles en Saxe, fleurettes en relief et médaillons peints, à sujets de chasse (provenant de San Donato).

194 — Deux potiches faïence genre Delft.

195 — Deux vases en porcelaine, de style Louis XVI.

196 — Un tabouret chinois en bois de fer.

197 — Coffret italien à bijoux, en ébène incrusté d'ivoire.

198 — Un petit tableau, le Christ mort et la Vierge.

199 à 201 — Quatre miniatures, dont une attribuée à Rosalba.

202 — Sept gravures, portraits historiques et une aquarelle.

203 — Console de suspension et d'encoignure en chêne sculpté à coquilles et fleurs style Louis XIV.

204 — Deux fauteuils Louis XV et Louis XVI.

205 — Étui en émail de Saxe.

206 — Un plat de Rhodes.

207 — Quatre plats en faïence de Delft, décor bleu.

208 — Deux assiettes en Saxe, à fleurs.

209 — Deux assiettes en faïence de Strasbourg.

210 — Deux flambeaux à dauphins en cuivre.

211 — Un vase cornet en faïence de Delft, décor bleu.

212 — Deux grands plats en vieux Japon, riche décor bleu.

213 — Deux plats en vieux Japon bleu, rouge et or, à paysage.

214 — Deux petits culs-de-lampe en bronze doré.

215 — Une garniture de commode Louis XIV, en bronze doré.

216 — Six assiettes en Japon, décor bleu.

217 — Six assiettes en faïence de Rouen, décor au carquois.

218 — Sous ce numéro, plusieurs cadres en bois sculpté.

219 — Un meuble Louis XIII, en noyer, à quatre vantaux sculptés.

220 — Bas de meuble en chêne sculpté, ouvrant à deux vantaux.

221 — Poignard, poignée et fourreau en ivoire sculpté.

222 — Ciseaux dans un ancien étui en cuir doré au fer.

223 — Petit bas-relief en jaspe, représentant Saint Georges en pied et plusieurs apôtres en buste. Ancien travail gréco-russe.

224 — Commode Louis XIV, à dessus de marbre.

225 — Commode Louis XV.

226 — Deux paires de cache-pots, salières, et plusieurs cabarets en porcelaine hongroise, genre Saxe.

227 — Deux flambeaux en ivoire sculpté.

228 — Grand plat en ancienne faïence de Sinceny, décor polychrome, pavillons chinois au centre et quadrillages au marli.

229 — Petit cartel Louis XVI de Lepaute, en bronze doré à festons de lauriers et vase.

230 — Cinq vases à plusieurs goulots, en faïence de Perse.

231 — Quatre pièces potiches Delft.

232 — Miroir ovale en verre de Venise.

233 — Miroir vénitien.

234 — Lustre flamand, en cuivre.

235 — Deux tables guéridons, mosaïque de Florence.

236 — Terre cuite. L'Hermaphrodite.

237 — Miniature. Portrait d'homme, signé A. Molinari.

238 — Émail Louis XIV. Portrait d'un seigneur.

239 — Miniature ovale. Portrait d'homme à barbe, collerette plissée, vêtement noir.

240 — Trois miniatures. Portraits de femmes.

241 — Sous ce numéro, divers bijoux, cachet, bracelets, boutons de manchettes.

242 — Boîte de reliquaire en cuivre gravé, Louis XIII.

243 — Coffret Louis XIV, marbre.

244 — Terre cuite. L'Amour et Psyché.

245 — Deux flambeaux, groupes d'enfants, terre émaillée.

246 — Grand vase Médicis, albâtre.

247 — Brûle-parfums, forme gourde, en laque.

248 — Un fronton de glace Louis XIV.

249 — Une armure japonaise.

250 — Une fontaine en marbre blanc, modèle vase avec anses à dauphins.

251 — Statuette en terre cuite. Le Repos de Diane.

252 — Un groupe. Jeune femme et l'Amour.

253 — Un écran chinois, feuille en soie brodée.

254 — Très grand plat en cuivre, à portrait et rinceaux.

255 — Deux jeux chinois, ivoire.

256 — Un feuillet de calendrier Louis XVI.

257 — Plaquette en bronze : Louis XIV, de profil, tourné à droite.

258 — Six médailles en bronze dont plusieurs de la Renaissance.

259 — Médaille en argent : l'Annonciation. Revers, la Nativité.

260 — Statuette en bronze : Diane, supportée par un chapiteau. XVIe siècle.

261 — R. PEREDA. — Buste en marbre blanc : la Boudeuse.

262 — Un flacon en ancienne faïence de Perse émaillée en vert à figures en reliefs.

263 — Un plat creux en ancienne porcelaine de Chine à fleurs émaillées.

264 — Deux plats en ancienne faïence de Savone, décor bleu à figures avec écusson armorié au centre.

265 — Un vase d'applique en Chine moderne.

266 — Boîte à gants en bronze doré, incrusté de turquoises en émail.

267 — Étui à cigarettes en cuivre émaillé.

268 — Une coupe ronde à deux anses plates en argent repoussé.

269 — Un sucrier ovale, Louis XVI, en argent à guirlandes de lauriers.

270 — Grosse montre en argent à plusieurs cadrans, de Robin.

271 — Buste du maréchal de Mac-Mahon, en bronze.

272 — Baigneuse couchée, bronze.

273 — Deux statuettes en bronze de l'époque de Louis XIV : Bacchus et Antinoüs. — Socles en marbre.

274 — Statuette d'esclave en bronze.

275 — Groupe en bronze : Hercule et Antée, par Etex.

276 — Un plat en faïence de Castelli. — Encadré.

277 — Porte-huilier en faïence de Moustiers.

278 — Trois théières en terre rouge.

279 — Bouteille à long col en Chine.

280 — Tasses, soucoupes, vases faïence de Rhodes.

281 — Deux bras de murs en bronze doré.

282 — Divers objets de curiosité.

283 — Miniature, portrait de femme, époque Louis XVI.

284 — Deux bois de fauteuils, style Louis XVI, en bois sculpté.

285 — Garniture de cinq pièces en porcelaine de Chine à fleurs et arbustes.

286 — Quatre gravures anglaises en couleurs, de *Hering*. Sujets de chasse.

287 — LEDUC. — Le Cheval à la ferme, Grand groupe en bronze ayant figuré à l'Exposition universelle de 1878.

288 — Cinq statuettes et figurines en porcelaine de Saxe Marcolini.

289 — Lit flamand d'encoignure, en chêne sculpté, à têtes de chérubins, guirlandes et balustres.

290 — Toilette du temps de Louis XV, avec miroir placé entre deux cariatides de femmes, en bois noir sculpté.

291 — Deux cornets faïence italienne.

292 à 294 — Trois coffres anciens en bois sculpté.

295 — Une pendule Louis XIV, marqueterie de cuivre.

296 — Une pendule Louis XV, plaquée d'écaille verte et garnie de bronzes.

297 — Un cartel Louis XVI, en bronze doré, modèle à vases, guirlandes et mufles de lion.

298 — Bahut en chêne sculpté, transformé en bureau.

299 — Trois bois de fauteuils Louis XIV.

300 — Deux plats espagnols à reflets métalliques.

301 — Un petit vase espagnol à reflets métaliques.

302 — Bronze d'après l'antique. Le Narcisse du musée de Naples.

303 — Bronze d'après l'antique. Le Narcisse du musée de Naples.

304 — Bronze d'après l'antique. Le Faune dansant du musée de Naples.

305 — Bronze d'après l'antique. La Victoire du musée de Naples.

306 — Un couvert à manches d'argent doré, Louis XV.

307 — Bronze, ancienne statuette de César placée sur un socle rond également en bronze orné d'un bas-relief.

308 — Un lot de coupes de soie Louis XVI, brochées à raies et guirlandes.

309 — Petit vase bronze japonais orné de dragons et de tortues en relief.

310 — Deux petites coupes émail cloisonné, Japon.

311 — Plumier bronze Empire.

312 — Bronze, médaillon Robespierre.

313 — Brûle-parfums, bronze chinois.

314 — Bronze, statuette de l'Amour.

315 — Bas-relief, bronze d'après l'antique.

316 — Brûle-parfums, ancien bronze de Chine.

317 — Deux petits vases, bronze Chine.

318 — Deux plats, porcelaine Japon.

319 — Un vase étrusque, personnages réservés en rouge sur fond noir, anses plates.

320 — Un panneau japonais, représentant des personnages dans une barque, bas-relief laqué.

321 — Miniature à l'huile, portrait époque Louis XIV.

322 — Deux miniatures rondes, compositions mythologiques.

323 — Deux petits dessins, portraits à plusieurs crayons, attribués à *Saint-Aubin.*

324 — Miniatures, portrait d'homme attribué à Isabey.

325 — Une coupe, bronze émaillé et doré.

326 — Une boîte laque du Japon.

327 — Meuble de milieu à quatre faces ornées de panneaux gothiques et de contreforts, le dessus forme vitrine.

328 — Un cornet Japon monté en bronze.

329 — Crédence vieux chêne sculpté.

330 — Crédence en noyer sculpté d'après un dessin du musée de Cluny.

331 — Six chaises cannées en chêne sculpté.

332 — Un bois de canapé chêne sculpté, six chaises et deux fauteuils garnis en cuir (copiés à Cluny).

333 — Table Renaissance, chêne sculpté.

334 — Grande table, chêne sculpté à pieds tors.

335 — Petite suspension flamande.

336 — Suspension plus grande.

337 — Bronze, négresse de Pradier.

338 — Environ vingt-cinq plats et potiches de Chine et de Delft.

339 — Seize tableaux ou gravures.

340 — Tête en marbre sculpté.

341 — Un vitrail peint en couleurs.

342 — Un fusil arabe.

343 — Deux glaces-appliques avec trois lumières.

344 — Six appliques en bronze.

345 — Une lampe en cuivre de Gagneaux.

346 — Plusieurs pièces en céramique.

347 — Glace de Venise biseautée, cadre bois doré.

348 — Album, recueil de meubles de l'Exposition de Lyon.

www.ingramcontent.com/pod-product-compliance
Ingram Content Group UK Ltd.
Pitfield, Milton Keynes, MK11 3LW, UK
UKHW021647260726
13994UKWH00003B/1325